守拙集

汤方炳——著

华龄出版社
HUALING PRESS

图书在版编目（CIP）数据

守拙集 / 汤方炳著 . -- 北京 : 华龄出版社 ,
2023.6

ISBN 978-7-5169-2531-7

Ⅰ . ①守… Ⅱ . ①汤… Ⅲ . ①诗集－中国－当代
Ⅳ . ① I227

中国国家版本馆 CIP 数据核字 (2023) 第 080625 号

策划编辑	叶　萍	**责任印制**	李未圻
责任编辑	梅　剑	**装帧设计**	明翊书业

书　　名	守拙集	**作　者**	汤方炳
出　　版 **发　　行**	华龄出版社 HUALING PRESS		
社　　址	北京市东城区安定门外大街甲 57 号	**邮　编**	100011
发　　行	（010）58122255	**传　真**	（010）84049572
承　　印	三河市国新印装有限公司		
版　　次	2023 年 6 月第 1 版	**印　次**	2023 年 6 月第 1 次印刷
规　　格	880mm×1230mm	**开　本**	1/32
印　　张	6.75	**字　数**	100 千字
书　　号	ISBN 978-7-5169-2531-7		
定　　价	68.00 元		

代序

人，诗意地栖居

人为何写诗？

《毛诗大序》云："在心为志，发言为诗，情动于中，而形于言。"

人如何写诗？

《尚书·舜典》云："诗言志，歌永言，声依永，律和声。"

诗，如同轻灵的羽翼，托着人们沉重的肉身，飞升到黑格尔所说的"绝对精神"层面，使人之为人，得以体察生命中如影随形的思、意、情。

汤方炳先生的诗集，就是这样的歌吟：字字雕心，百炼成诗，融铸情思。有幸展卷一阅，只觉清香满口，余韵悠长。

诗以典雅淳正立

区别于形式自由的现代诗，古诗创作门槛要高得多，要求意美、音美和形美俱备，即不仅要传达观念、意志、情绪等多元内容，还要考虑聆听、吟诵、理解时的和谐节奏，更要符合押韵、平仄、对仗等严苛格律，未精研此道，就不得其门而入。

汤先生的创作严格遵循诗词格律写作的基本要求，结合内容与形式炼字择韵，比如采用平水韵下平声的第二个韵部“二萧”写就的《腊八节》，飘、凋、条、潮的韵脚，与萧瑟凛寒中透着春潮将来的希望相得益彰，尤其是颔联“溪寒流水细，木落野山凋”和颈联“破土还萱草，抽芽有柳条”的工整对仗，与首联的“起”和尾联的“合”承转有致，可见创作的深厚功力。

文人九雅诗相伴

寻幽、酌酒、抚琴、莳花、焚香、品茗、听雨、赏雪、候月，所谓文人“九雅”是也。后人得以窥见此等雅事，当然得益于诗。

汤先生数十年笔耕不辍，以诗记事记时，以诗录情写景，观自然也观自在，正如马克思在《1844年经济学哲学手稿》中所说："动物只按照它所属的那个种的尺度和需要来构造，而人却懂得按照任何一个种的尺度来进行生产，并且懂得处处都把固有的尺度运用于对象。因此，人也按照美的规律来构造。"

所以，在汤先生的笔下，无时无景不可入诗，无微无俗不可下笔：春夏秋冬四时流转、东西南北四方风景、雨雪晴阴风云变换，乃至山川草木、河湖馆园、峨嵋西湖、梅兰竹菊、凤鹤鹭鹦……都与他独特的生命体验相结合，呈现出独特尺度的美。

写《秋韵》，"轮回天与地，万物共沧桑"有盛唐气象；写《菊》，"渐老秋风枝独秀，唱酬陶令傲霜栽"有旷达之感；写《白鹭》，"拳足莲池立，凝眸水面纹。细风梳雪羽，轻步上青云"则描摹入微。即使写《聚会农家乐》这样的日常事件，都有"嗟叹桂子风凋落，索句诗书觅华章"的锤炼佳句。

诗中有味品清欢

诗是一种精神力量，用柔软的美好，抵御命运沉浮。

这种力量，传达了一种心灵密码，用内心的丰盈，感动读者。

汤先生的诗作，值得我们细细品味，慢慢用诗嚼出人间滋味与动人深情。

诗中的凡人常情令人感动，比如深情忆母的"更深剥豆酬书费，天晓遮颜叫卖音。嘱别村头游学海，含辛灯下制寒襟"；

比如表现夫妻情深的“常随薄暮窗前立，每问清晨粥可温”“同看春秋云起落，相随日月度乾坤”；比如思念游子的“浇愁异域寒潮起，眷恋家园露冻微”“前途诡谲多艰阻，节令寒衾独自裁”；比如怀恋故土的“自古骚人怨素秋，西风落叶动乡愁”；比如贺老友寿的“绿绮常弹心绪雅，诗书万卷瑞人贤”，无不体现出至情至性的率真本质。

更难得的是，汤先生承接了中国传统士人以“天下为己任”之风，记录大局，应时而做，比如《山里人》的“乡集开场早，山民起五更”，比如《中国共产党建党100周年抒怀》的“长征路上披荆棘，百战峰回写续篇”，比如《抗疫闭路第廿四天有感》的“蒹葭繁茂山花早，试问瘟情哪日休”，比如《白衣将士歌》的“吹响京畿征集号，白衣无畏疾诒罹”，等等，都体现出汤先生与时俱进的现实主义诗歌创作理念。

的确，诗是美好而无用的，世界凌促，人心纷乱，俗事狼藉，唯有诗意，可以让人之为人，超脱外在和内心的困扰。

读汤先生的诗作，不由得让人联想起200年前德国古典浪漫派诗人荷尔德林（1770—1843）的名句：

人充满劳绩，但还

诗意地安居于这块大地之上。

四川大学文学与新闻学院副教授　段弘

目录

五绝

五律

七绝

七律

五绝

秋韵

临风听暮蝉，
垂柳断桥边。
求偶何须急，
天凉梦难圆。

无题

入暑当多汗，
今年尚着棉。
老天何犯错，
行事太昏然。

医信

同胞病愈高，
天使付辛劳。
肺毒齐心逐，
瘟妖遁难逃。

玉簪花

我家开白萼，
淡雅姣羞含。
香俏盈方寸，
荆妻作发簪。

峨眉山云

峨峰可破天，
岚霭白如棉。
采撷千余朵，
吾妻絮被单。

五律

画

修竹板桥绘，丹青渲染成。
鸟来思息足，风过却无声。
处处显儒雅，朝朝报太平。
挂悬堂舍赏，蓬荜晋贤萦。

笔（二首）

（一）

春秋彤管记，翰墨竹锥书。
秉直上金匮，发挥登石渠。
嘉言存册籍，鸡距作舟车。
古往承传事，文章毫录初。

（二）

巧匠制鸡距，青山伐竹居。
子长麟角执，史记典章书。
毛颖开颜色，乾嘉汇石渠。
神工三圣管，受享古今誉。

朱雀桥

大桁遗址在，春到野花香。
朱雀今成梦，乌衣几换装。
清流迎曙色，柳岸送斜阳。
王谢如烟逝，秦淮水泽长。

长江

高原九派来，前路激流开。
绝壁坠飞瀑，澄潭鸣沸雷。
瞿塘银浪逐，巫峡野猿哀。
广纳百川水，东归头不回。

泰山

岱岭横齐鲁，宗推五狱尊。
峰危愁客道，石怪动心魂。
云路千盘叠，天门北斗奔。
历难登绝顶，豪兴沐乾坤。

瘦西湖

熏风弄荷浦，园径暗通幽。
花坞隐垂钓，吹台飘泛舟。
泓洄青带拂，桥拱碧波浮。
昔日销金地，今时百姓游。

长城

塞垣馀万里，御虏越边关。

深涧险依筑，削崖夷怯攀。

汉兵藩固守，胡骑窟难还。

为续汗青史，鬓丝衰泪潸。

农时廿四节气歌

立春

冬令今夜止，一任蕙风吹。
浅岸萌新草，浮萍发曲池。
虫鸣声次第，柳染翠参差。
日暖冰霜暮，翻苏万物知。

雨水

春滋春水发，新翠染山洼。

昨夜布丝雨，今晨开杏花。

莺啼江渚噪，柳拂影波斜，

农户宽衣袖，堆肥备种耙。

惊蛰

昨夜风雷动，酣眠雨敲窗。
扁舟横野渡，香蕊泛春江。
虫语飞声细，燕回结伴双。
田家务生事，庄汉犊犁扛。

春分

日暖春光半，柳堤莺啭飞。

雨催桃蕊瘦，山染绿腰肥。

碧水浮弧鹜，轻风袭客衣。

王孙踏青早，不如燕泥归。

清明

香烛燃新火，冥钱寄缅思。
春迎萱草绿，土垒墓丘时。
鹿乳奉翁疾，彩衣娱老嬉。
先贤无寸效，双鬓业经丝。

清明（二）

新火试新烟，鸡鸣丽日悬。
年祥冬麦好，农穑牯牛犍。
白叟种花柳，黄童放纸鸢。
酒家遥半里，春酌伴猜拳。

谷雨

雨辰生百谷，温煦逐寒霜。
农事蛙声里，村居燕乳忙。
玉人抽缫茧，杜宇唤栽秧。
日暖绿醅老，薰风芍药香。

立夏

孟夏有三候，得天林木森。
残红稀蝶秀，叠翠隔莺音。
幽草传蛙鼓，浦鹭趟水浔。
蕉园消午暑，怀古抚牙琴。

小满

四月芳菲褪，寒消热逐回。
天成常夜雨，间或有新雷。
卢桔似金弹，鸣禽敢不来。
垄头初熟麦，应赐暖风催。

芒种

夏播逼耘获，晨昏无歇眠。
风薰新麦熟，时到客心煎。
出水擢秧脚，凌波开插田。
子规催稼穑，啼血响山川。

夏至

昼阳今至极，夜始滴珠迟。
泥燕穿云影，蜋蜩鸣柳枝。
梅黄少晴日，水满溢河池。
菡萏[1]春催醒，馨香正适时。

〔注〕 ①菡萏（hàndàn）：荷花。

小暑

半夏孩儿脸，难料炎雨时。

风雷惊雁渡，天水发河池。

破竹倾芳径，催枯折弱枝。

涸溪洪泽泛，山客可曾知。

大暑

林钟炎热酷，汗浃发昏头。
入夜倚堂寂，开窗寻院幽。
心平闲闷解，气静绪烦休。
今夕苦言夏，时轮近望秋。

立秋

日沉烦暑退，树杪动凉风。
林际归群鸟，草间听百虫。
流萤窗影扑，净室漏声空。
斗柄向西极，檐阶落蜀桐。

处暑

疾雨驱残暑，天凉送好风。
板桥狺野犬，松径泣秋虫。
新竹拔霜节，芙蕖并耦蓬。
池鸿拳足立，飘忽上长空。

白露

遥凝沾蔬草，平野白于霜。
时急送风雨，客知催稻粱。
空山秋实艳，大地晚花香。
季节无停待，田家抢收忙。

秋分

秋橙均昼夜，天气晚来凉。
寒禁残蝉语，独留丹桂香。
林风乱萤火，细叶染初霜。
晓色浮云淡，高飞征雁忙。

寒露

露桐霜露冷，疏叶结珠团。
高树秋蝉噤，幽丛晚菊观。
枯荷凋木叶，凫雁立沙滩。
云淡风轻渺，登高兄弟看。

霜降

叶秋虫蛰俯，落木草衰黄。
露气湿巾袜，月寒凝玉霜。
西风依约至，野水悄声凉。
芦荡嬉凫雁，和鸣满荇塘。

立冬

昨过授衣节，寒林起朔风。
岭梅甦秀萼，江浦落征鸿。
残月照窗竹，流萤疏晚空。
蛩声吟暮老，香树着霜红。

小雪

寒雨北风欺，琼华漫舞时。
乌栖寥寂静，雁渡杳冥驰。
踏玉寻梅树，余霜滞菊枝。
今冬春水早，丰兆已先知。

大雪

丰瑞好银粟，当空舞柳花。
随风飘宿处，入夜落谁家。
雨露洗倾玷，山川去壁瑕。
霜天林岫寂，晴日燥寒鸦。

冬至

数九今天始，飞葭动细灰。
衣掀秋叶舞，面迎北风来。
岭路聚阳气，山庄放早梅。
沿途看纤柳，萌发待春回。

小寒

严冬冬月冷，二九雪凌催。
鹊野衔枝聒，巢新孵子偎。
崖鹰思狡免，则目远尘埃。
香暗传花信，南山绽早梅。

大寒

雪栖年腊近，破竹朔风摧。
细雨浇新萼，寒枝绽早梅。
林深贫屋藏，山静旅人回。
夜永烛花老，围炉斟酌杯。

秋韵

秋菊清高洁，声高夜雁翔。
金风吹果熟，丹桂暗盈香。
历历千重苦，般般百遍尝。
轮回天与地，万物共沧桑。

九月九日荷塘断想

几度秋风起，芙蕖梗叶憔。
曾为花中首，今值节令凋。
影削形销子，修心蓄锐调。
篷头枝更老，经雪历春娇。

晚秋

昨日西风烈，天寒露凝霜。
飞鸿声切切，归路渺茫茫。
羁旅思乡土，书情怯感伤。
蛰虫堆户卧，重起拾初忙。

封城有感

新冠无缘起，应声百业颓。
笙歌宾客罢，巷陌野蒿催。
闭户嫌莺啭，开窗数雁回。
全民齐抗疫，口罩胜钢盔。

八一建军节抒怀

中华数百秋，累犯列强蹂。
作意仁声急，开端义战稠。
顽军虚魄胆，农会执吴钩。
革命长征路，红旗漫五州。

庚子七巧节

金簪横碧汉，迢邈渺弥边。
隔岸音书阻，如烟梦寐牵。
鹊桥酬夕约，牛女度秋缘。
泣诉柔肠断，依依又一年。

山里人

乡集开场早，山民起五更。
东街沽菽黍，西市籴茶粳。
月上柴扉掩，鸦栖菜粥烹。
夜阑猎犬吠，卧听草虫鸣。

登高（二首）

（一）

茱萸艳映霜，凉夜读华章。
果硕丰年好，秋浓野菊黄。
望乡登眺处，念故复思娘。
羁客平寥寂，新醅慢举觞。

（二）

茱萸露染红，蝉躁晚鸣空。
九月登高立，重阳望去鸿。
菊黄丹桂落，树碧紫藤蓬。
时序天趋冷，羁人衣着丰？

暮秋（二首）

（一）

才吟季夏词，又赋暮秋诗。
冷露枫添色，寒霜菊染丝。
鸦声时落寂，雁语晚归疲。
月上婆娑柳，书田琢炼思。

（二）

林空秋已老，百蛰了无声。
地阔西风起，天高北雁鸣。
沙堤栖鹭鸟，弱柳曳衰茎。
万象轮回转，经冬历死生。

冬雨（二首）

（一）

朔风寒冻起，随雨入霜晨。
雾起空山渺，水浇残菊新。
入泥萌菽麦，破蕾伴伊人。
成就冰花美，迎冬待放春。

（二）

时令过小雪，四处雨丝霏。
天冷催梅发，云低掩日辉。
朔风寒刺骨，走客湿单衣。
夜读温新酒，更深蜡泪肥。

咏雪（三首）

孕雪

风啸穿林吼，黄云蔽日辉。
寒霜连宿雾，冻雨袭帘帏。
夜卧孤衾冷，朝行冬霰飞。
堰塘披亮甲，冰挂树枝肥。

降雪

六出遽飘飞，盛妆下翠微。

漫天翩妙舞，极目激翚衣。

山势银蛇走，原形蜡象肥。

驿亭梅蕊发，传报早春归。

晴雪

玉絮野亭堆，山川绡幕围。
江寒流水细，风冷泽鸿飞。
茅院藏芳草，冬阳照竹扉。
苍茫银世界，素裹待春归。

枫

层林尽染彤，十月赏秋枫。
山近闲云绕，路斜寒树篷。
有心拈片叶，着意寄孤鸿。
日夕归村暮，蹒跚若醉翁。

山归

向晚凛霜飞，琼英落翠微。
天寒田犬噪，屋白匠人归。
妻子烧银烛，娇儿试羽衣。
明朝庭雪霁，待宰腊猪肥。

冬至

夜深冬节长，明日昼辰增。
风冷寒潮起，梅香时雪应。
围炉开绿酒，共话剪银灯。
腊祭添丰岁，元春溶素冰。

腊八节

腊八凝霜冻，纷霏瑞雪飘。
溪寒流水细，木落野山凋。
破土还萱草，抽芽有柳条。
千家熬佛粥，祈愿祭春潮。

乡村轶事

山乡闲腊月，稼穑挂耘锄。
早假停村校，髫童失读书。
年丰酬稷播，地薄赈粮储。
酒幌遥三里，邀朋醉草庐。

田妇吟

腊月农功寡，村闲田妇忙。
长街销菽豆，小市置衣裳。
岁事劳心策，春耕待客商。
夜深衾枕湿，忧盼打工郎。

除夕

通衢车马啸，民户喜联张。
客旅归期切，人流行色忙。
灯花千万树，酒令两三觞。
夜语烹春茗，来年务稼桑。

山花（兰）

九畹生幽谷，倚筠同石眠。
清风弄长叶，佩蕙吸寒泉。
客去访香馥，蝶来迎路前。
洁身藏涧壑，淡泊素心坚。

山林

夕照染千树，叮咚响谷泉。
木深斜日蔽，地僻野花妍。
松韵如歌调，风声似弄弦。
前贤三径废，羁客听秋蝉。

山风

扶遥发昊天，岭隘疾声传。
松籁吟宫调，长空惊躁鸢。
飕高禽语失，峰顶客衣单。
岫壑余音起，苍穹扣和弦。

山海

重崖千嶂峭，峰岫不知边。
无限松涛吼，何穷树杪传。
壮游临涧壑，回顾过回渊。
地邈虽豪阔，麻姑又见田。

山泉

峡束无名涧，经年流淌涓。
月光波似雪，日色水中天。
春载飞花去，秋随落木迁。
不知方外事，恬澹守清涟。

升仙太子庙

缑山藏宝刹，古木倚天荣。
霞色映朱槛，云光照紫甍。
僧还潭水汲，客至土茶烹。
禅道濯心垢，刘郎已退耕。

春雨

甘霖倚云下，飘忽入泥中。
花败落尘土，江清浮鹭鸿。
雨淋鸣鸟息，水灌野渠丰。
阳霁田家喜，苗滋瓜润同。

春风

扶摇三月雄，万物吹甦[①]中。
摆柳迎归燕，行云送去鸿。
温催农事早，飔[②]调雨声丰。
灵籁偕嘉澍，麦滋瓜润同。

〔注〕①甦（sū）：“苏”的异体字。
②飔（sī）：凉风。

春花

百蕊开三月，缤纷各不同。
馨香生霁日，陟降荡和风。
清野寻新艳，踏青赏嫣红。
繁葩环锦簇，韶景醉吟翁。

春山

寒岑今又绿，万壑荡和风。
草满松间碧，花开崖畔红。
青峰辞去雁，幽地听鸣虫。
飞瀑回声远，如雷震耳聋。

春晖

二月青阳布，复苏田地融。
寒消看草绿，天暖促花红。
林鸟逐晴日，纸鸢乘惠风。
山川滋秀色，背负诏光功。

水仙（二首）

（一）

姚女簪搔首，素妆寒水中。
银台迎旭日，金盏送香风。
心洁绝尘染，状闲殊俗同。
经霜花早发，春信告诗翁。

（二）

盛妆姚女靓，岁腊踏波开。
英素清香绕，盏黄芳意来。
贞姿如冬竹，秀质似山梅。
肌革任寒浸，迎春汝占魁。

雁

展翼塞鸿飞，排云上紫微。
乘风三万里，破雾九重围。
南北音书托，春秋驿路归。
如期传尺素，岁岁没迟违。

孔雀

越禽奇瑞鸟，身着彩花衣。
体健善奔走，翎长懒散飞。
来宾开喜气，展翅赛祥辉。
福寿献佳客，争芳可不违。

建军节有怀

中华数百秋，累犯列强蹂。
八一枪声起，公推义战稠。
四军挥越甲，乱卒弃吴钩。
夺得豫章手，红旗漫五州。

答文友

鄙言明睿君，无觊面钗裙。
尊慕易安学，仰思洪度文。
神交还缥缈，客梦复氤氲。
万里屏相照，书山词赋耘。

答某君清明节思内

人故西辞去，情牵梦里回。
相思蝴蝶伴，啼血杜鹃催。
香冢松岗卧，芳魂天国嵬。
凄凄萏倩别，切切黯然颓。

鹦鹉

六盘西陇客，羽绿咮[1]声飞。

剪翼雕笼锁，观仪金帐帏。

巧言终日色，高义满堂辉。

勿效蜀阿斗，故园却忘归。

〔注〕①咮（zhòu）：鸟嘴。

鹤

龙松步轩鸟，卓尔独超群。
仪素仙山育，唳清皋泽欣。
浮丘随摇月，子晋助登云。
空有碧宵志，羁孤事不闻。

凤凰

华丽鹍鸡①舞，琼花助馥芬。

倨敖良木宿，和爱引鸾群。

入贡观丹穴，来仪开庆云。

死生遭磨劫，敢向火坑焚。

〔注〕 ①鹍（kūn）鸡：凤凰的别名。

白鹭

拳足莲池立，凝眸水面纹。
细风梳雪羽，轻步上青云。
翅影序都识，声容情更欣。
闲舒江渚志，天地自由君。

牡丹（二首）

（一）

洛邑有焦骨，三春彰物华。
神奇生贵种，红白绽仙葩。
国色承朝露，天香弥暮霞。
和风天艳里，独秀赛诸花。

（二）

富贵吉祥花，春深彰物华。
缤纷开丽藻，烂漫绽奇葩。
誉满洛阳邑，香盈百姓家。
权尊坚守节，名动史书夸。

喜鹊

危巢飞驳鸟，黑白羽翎分。
高树喧追对，秋田落聚群。
此时闲觅食，一瞬急排云。
农事好帮手，除虫终日欣。

报喜

树杪①飞鸒②鸟，喳喳杂乱纷。

登高争宛转，好事报欢欣。

田舍故人至，村醪酬客勤。

落霞挥手别，步履尚余醺。

〔注〕①杪（miǎo）：树梢。

②鸒（yù）：古同“鸒”，即雅鸟。

秋风

商信送三夏，穿林落木飘。
烟笼山色老，寒送稻粱娆。
散露染红叶，驱云净碧宵。
飒然蒲扇弃，吹雨打芭蕉。

秋雨

金露乘商信，纷纷寂寞飘。
穿林寒倦鹊，着树苦残蜩[①]。
衣湿故人远，翎粘雁路遥。
天阴杳无际，旭霁[②]待明朝。

〔注〕①蜩（tiáo）：蝉的一种。
②霁（jì）：明朗。

秋叶

九月山原染，缤纷树变娇。
苍葭浮水驿，疏柳拂溪桥。
枫锦行人赏，林黄落木飘。
梧桐风乱卷，如雁上云霄。

秋残

霜降苍天老，物华随处萧。
溪流返山壑，木叶积村桥。
凉夜蝉声息，碧阶萤火飘。
千灵归淡寂，万籁入清寥。

秋月

冰轮东麓起，鸟噪桂花飘。
气爽玉蟾朗，云疏银汉寥。
清辉楼载酒，皓魄榭吹箫。
良夜舒歌舞，素娥期盼邀。

西湖（四首）

断桥残雪

钱塘银粟盖，水国尽霜霏。
雪霁长虹冷，冰垂白日晖。
寻幽段桥事，怀赏鹤仙飞。
一众湖山素，雾凇桃柳肥。

苏堤春晓

碧浪浮长埂，桃红柳绿萋。
晨清游蝶少，林茂乱莺啼。
解缆摇双棹，垂纶过九溪。
氤氲桥枕水，曦曜化虹霓。

曲院风荷

曲院芙蕖艳，花红花白齐。
青莲飞水鸟，绿盖卧田鸡。
风送荷香沁，日斜藕径迷。
归程寻酒窖，但见旧沙溪。

平湖秋月

桂子金风爽，平湖夜泛舟。
星寒千点彩，月皓万家秋。
波浪动葭苇，帆樯惊宿鸥。
水天流览碧，自在作闲游。

四君子诗（六首）

梅

横斜舒绿萼，瘦影石幽丛。
蕊绽暗香郁，花开白雪同。
冰肌化尘土，素体凌寒风。
寂寞独先发，留春百卉红。

兰

荒谷藏幽客，芬芳自暗持。
士心犹罕顾，人迹不多知。
忽如东风发，吹花红蕊姿。
桃蹊废三径，纫佩读骚辞。

竹

拨地幽篁起，林梢锦箨[1]离。

云躯开翠盖，凤节发新枝。

日照初来猛，阴遮正及时。

万杆翻碧浪，潮奔送飔飔。

〔注〕 ①箨（tuò）：竹笋皮。

竹（二）

霜筠何择土，破地扎根牢。
雪后枝梢劲，春来素节高。
微躯呈汉简，史笔撰儒豪。
四季迎风雨，万竿翻碧涛。

菊

寿客九秋回，枝盈五色栽。
霜浓寒蕊灼，风疾浅香来。
虉靡[1]东篱侧，丰茸山径隈[2]。
野亭斟旨酒，命笔晚花魁。

〔注〕①虉靡（suǐmǐ）：草木随风披靡的样子。
②隈（wēi）：山边或水流弯曲之处。

菊（二）

九华三径茂，繁朵暮秋时。
蕊灼园林秀，香微蜂蝶知。
傲霜重气节，倾国靓东篱。
陶令新醅酒，讴吟晚艳诗。

松

岁寒君子树，虬结曲根枝。
霜重貌依旧，风高体不移。
四时皆翠色，千载倚丹崖。
暮老参天立，凌空跃碧螭[①]。

〔注〕①螭（chī）：传说中一种无角的龙。

壬寅纪事

题记：公元2022年（壬寅）8月1日因新冠疫情，四川大学华西医院宣告停诊。华西医院自1892年建立已来距今已有130余年历史，停诊史无前例，终因病患需求，停诊一日后复诊，但可见新冠疫情传播的危害之大。吾因年衰罹患重疾久治难愈，故感怀记之。

虎年灾虐闹，酷暑极端危。
新冠成时疫，老翁罹疾悲。
长街闭铺息，悬壶绝人治。
封控无流动，病骸难乞医。

文人四友（四首）

琴

音律号钟发，手挥豪宕①鸣。
歌弹愁草木，曲奏撼刀兵。
伯牙子期别，齐王将士征。
贤仁乐山水，宏阔广陵情。

〔注〕①豪宕（dàng）：亦作“豪荡”，在此指文艺书画作品感情奔放，不受拘束。

棋

黑白互撕杀，手谈飞石枰。
苍龙拼死活，金角逐纷争。
眼底二三子，胸存百万兵。
烂柯终一局，苦智定输赢。

书

握管龙蛇走，行云布雅风。
砚穿生浩气，笔秃出奇雄。
怀素倚天剑，伯英挥雁鸿。
铁钩银画绝，明月满胸中。

画

修竹板桥绘，丹青渲染成。
鸟来思息足，风过却无声。
处处显儒雅，朝朝报太平。
挂悬堂舍赏，蓬荜晋贤萦。

武陵源

千峰云梦山，百嶂翠丛连。
曲岸生迷雾，轻舟绕遗鞭。
林深投问道，洞奥遁修禅。
秀水出幽谷，桃园一片天。

季秋

才了稻归仓，节催蚕豆忙。
霜烟耕小麦，月露熟高粱。
草草尽田事，匆匆离故乡。
常温孤客梦，稼穑获穰穰。

七绝

夏收

渐染金风陌陇黄，
稻粮摇曳浪翻光。
翁媳备好刀镰手，
趁晓呼儿刈[1]割忙。

〔注〕 ①刈（yì）：镰刀之类的农具。

府河鱼者

江上渔歌音韵愁，

穿波渡浪越沙洲。

无官身外本潇洒，

新冠瘟神何日休。

万年寺怀古

万年寺藏白云崖，
布道弥陀驭六牙。
绿绮[1]一挥居士醉，
悠悠古刹弹琴蛙。

〔注〕①绿绮：古琴名，相传为西汉司马相如所用。李白有诗《听蜀僧濬弹琴》。

游棠湖公园遇急雨

时雨穿林乘暑风，
苦蝉喧闹伴雷隆。
午前等待三巡过，
红日依然碧宇穹。

万年寺祈愿

万年寺处白云低，
雾绕山门阁隐迷。
礼佛沙弥祈佛度，
晚钟余韵竹林西。

无题

入伏高温袒乳胸，
蒲扇难敌暑风浓。
夏天无夏天不热，
哪有农家五谷丰。

中秋夜雨有感

夜雨中秋景难观，
袭人桂蕊月宫寒。
嫦娥清梦添愁绪，
悔恨不该独食丹。

荷塘断想

出水芙蕖分外娇，
群花匹敌逊妖娆。
萧萧几度秋风后，
茎叶凋零四散飘。

观马岭河峡谷瀑布群

百瀑飞湍落玉渊，
砅[1]崖雷鏊出虹烟。
冲波逆折三千里，
逐梦江河十万涓。

〔注〕 ①砅（lì）：质地较粗的磨石。

万峰湖①

高原湖水镜如磨，
鸯鹭低迴映碧波。
宁静泛舟悬空影，
旅人入画放飞歌。

〔注〕 ①乙亥孟冬游贵州兴义万峰湖。

百色起义纪念馆（三首）

（一）

右江暴动烽烟起，
白色城头破敌蟠。
八桂儿郎盟歃血，
轩辕身荐斩楼兰。

（二）

革命情怀志未酬，
粤西儿女执吴钩。
敢为中华开天地，
何惧刀丛作楚囚。

（三）

工农奋起千千万，
百色沙场秣厉兵。
甘断头颅求解放，
小平恩泽壮乡情。

抗疫闭路第廿四天有感

料峭春风柳粒抽，
溪头陌路少人游。
蒹葭繁茂山花早，
试问瘟情哪日休？

白衣将士歌

肺炎肆虐事不期，
百业停休守宅宜。
吹响京畿征集号，
白衣无畏疾诒罹。

附友海棠诗（二首）

（一）

袅袅东风戏海棠，
娇羞豆蔻掩红装。
春光萌发金丝蕊，
蜂蝶传留十里香。

（二）

楼外仙姿一海棠，
依梅傍竹伴斜阳。
红妆粉颊金丝蕊，
封苑难封满树香。

春信

一夜东风衰草绿，
暖阳旖旎绽花香。
谁家檐下归来燕，
逐柳衔泥垒舍忙。

游园偶得

海棠寂寞闭园开，
蹊径无痕屐齿苔。
且喜除妖传捷信，
嫣红点点迎宾来。

暮春（三首）

（一）

英落尘泥未感伤，
雨风不迫亦残妆。
花开花谢随流水，
春去秋来百果香。

（二）

春风一夜百花伤，
半启珠帘理淡妆。
还忆梦中迷泪眼，
罗巾尚有婿肤香。

（三）

春去花归莫感伤，
夏栽菡萏绿红妆。
叶珠点点农夫泪，
秋获莲蓬粒粒香。

寒食节

冷节寻青禁烛灰，
莺飞啼啭报春回。
如今庭下谁栽柳，
还记忠臣介子推。

野桃（三首）

（一）

桃花杏蕊借春开，
便引工蜂采蜜来。
日暖踏青三五里，
放飞纸鹞[①]扮童孩。

〔注〕①鹞（yào）：雀鹰的通称。

（二）

一树桃枝溪畔妍，
花红花白惹人怜。
春深花落春归去，
绿盖华鲜枕曲泉。

（三）

野桃寂寞断桥开，
不效冰魂拒蝶来。
香艳随蜂传十里，
果鲜累了几家孩。

五月（二首）

（一）

五月骄阳追麦熟，
村村寨寨少人回。
农时紧逼心如煮，
趁晓抢收稚女催。

（二）

槐花五月满村香，
才了蚕桑又插秧。
外出打工青壮走，
妇孺残叟麦收忙。

立夏逢喜雨

早旱灭浇新夏雨，
南风惊走柳林莺。
绿肥红瘦春归去，
阡陌农夫种插情。

村望

竹篁瓦舍氲氤间，
玉婉清粼鸶鹭翩。
野叟垂纶钩锦鲤，
无人野渡泊篷船。

接龙友人赠诗

最重人间是此心，
同袍同泽着同襟。
兰交管鲍推贤相，
不在知音绝碎琴。

木芙蓉花

白玉晨妆暮着霞，
日常三变最奇葩。
秋风萧杀残红褪，
再赏芙蓉胜百花。

咏荷（二首）

（一）

芙蕖香艳出田畴，
雅洁誉高本自修。
多少豪门纨绔子，
悬梁苦读史书留。

（二）

参差绿伞有蛙栖，
次第花开满水畦。
玉藕牵丝丝缕缕，
捐躯无怨护冬泥。

丁香花

丁香心结几时开，
更待春光四月来。
兰麝为君添喜绪，
应酬园艺力勤栽。

军民抗洪

谁惹尧工[1]又触山，
洪涛肆虐虎狼般。
军民同谱消灾曲，
水患清除奏凯还。

〔注〕 ①尧工：即共工，上古有共工怒触不周山的神话传说。

庚子秋韵（三首）

（一）

自古骚人怨素秋，
西风落叶动乡愁。
应闻稻菽香千里，
农圃丰年赋笔讴。

（二）

八月秋高暑气凉，
田畦飘溢稻粱香。
辛勤稼穑农家苦，
汗滴还珠谷满仓。

（三）

家山陶菊盂秋浓，
不见南归征雁踪。
尺素难传羁客念，
寒衾有寄御三冬。

回延安（三首）

延河

延河镜澈柳林滨，
寻觅初心涤俗尘。
革命摇篮桑梓地，
英灵热血育新人。

枣园

无眠日夜枣园灯，
引领中华百战征。
将士千回生与死，
春秋伟业克难兴。

宝塔山

神圣巍峨宝塔山，
工农执政斗凶顽。
红旗漫卷东风起，
革命人民唱凯还。

元宵节

汉魏遗风世代兴，
千声爆竹万家灯。
嫂姑描黛春衫着，
锣鼓秧歌舞彩绫。

己亥春游黄龙溪景区印象（三首）

（一）

黄龙巷陌布幡飘，
庙会农商祭社潮。
射覆开轩行令酒，
霞飞双靥醉人娆。

（二）

柳映清溪碧胜兰，
蓬舟往复笑言欢。
船歌对答惊鸥鹭，
倦客还归意兴阑。

（三）

临川宝刹古榕森，
晚课僧堂唱梵音。
惊起寒鸦三匝绕，
钟声飞越蜀江心。

游杭州西湖（二首）

苏堤

桃蕊阴阴柳絮萦，
笙箫画舫击歌声。
碧波浪暖凭鱼跃，
十里长堤闻啭莺。

灵隐寺

崇敬济僧寻异踪，
清风濯客冷泉淙。
飞来峯下参禅谛，
一半称心箴诲侬。

五月初五屈原祭（二首）

（一）

一世孤诚志未酬，
却归诗赋向沅流。
借来湘女千行泪，
铸就离骚万古秋。

（二）

放逐湘沅江畔行，
胸怀忧国九歌声。
苍桑岁月两千载，
竞渡褒扬屈子名。

七律

荷塘即景

十里风荷碧映天，扁舟掩靠半依田。
花冠艳蕊听蛙鼓，叶伞凝珠立鸟眠。
掠影蜻蜓头触浪，往还鲤鲫尾涟涟。
周翁唯美莲君子，濯水凌波水中仙。

聚会农家乐

又是东篱赏菊黄，南翔雁阵换飞忙。
嗟叹桂子风凋落，索句诗书觅华章。
长夜常嫌清梦短，少眠闲听雨窗伤。
捧觚[1]朋辈论新酒，漫话农家稻菽香。

〔注〕 ①觚（gū）：古代一种盛酒的器具。

贺某君七十三岁寿

古稀君度欣逢三，正是儿孙绕膝年。
两地无缘持寿斝，一犀有感贺琼筵。
摘来仙草麻姑酿，献上蟠桃味美鲜。
绿绮常弹心绪雅，诗书万卷瑞人贤。

自度曲

南岭砍樵烹绿茶，青山翠黛伴云霞。
牛郎乱奏无腔笛，浣姊巧妆山杏花。
村舍吟哦书语朗，春畦种播布秋华。
蹉跎半世浮生梦，始羡陶翁东圃家。

母亲节忆母

岁晚常怀悲悒事，千般最忆老娘心。

更深剥豆酬书费，天晓遮颜叫卖音。

嘱别村头游学海，含辛灯下制寒襟。

欲将陈醋当成墨，写作萱堂困苦吟。

都江堰

浩荡岷江万壑来，流湍峡束下天陔。
二王庙底涛如雪，玉垒山前水似雷。
鱼嘴巧分惊江浪，沙堤妙设泄洪台。
渠清惠泽川西坝，巴蜀从今远涝灾。

闻北京抗疫有感

抗疫风云听疾雷，京都防控战鼙[1]催。
市休蔬果蜗居送，校闭师生网课培。
家国强雄驱毒雾，山川秀丽岂蒙灰。
官民凝聚齐殚力，何惧瘟君又复回。

〔注〕 ①鼙（pí）：一种军用小鼓。

过榆林镇北台怀古

九月驼城霜露烈，边关铁甲透衣寒。
为燃镇北烟墩火，未卸榆溪铠马鞍。
皓首犹能驰射戟，丹心尚可逐蛮残。
朝辞队队归秋鸟，夜奏胡笳十八叹。

秋韵（二首）

（一）

平分昼夜适添衣，正是鲈鱼蟹甲肥。
桂子馨香初绽放，悲鸿哀唳已迁飞。
浇愁异域寒潮起，眷恋家园露冻微。
浊酒诗书披冷月，闲时梦寐喜回归。

（二）

陶菊东篱次第开，幽芳欲赏几徘徊。
秋风渐冷云低暗，旅雁微霜月掩哀。
遥隔椿萱千里路，梦回羁客万愁台。
前途诡谲多艰阻，节令寒衾独自裁。

中秋

明月今宵四海同，万家举目盼星空。
清辉雅澹生河汉，疏影横斜落碧桐。
不见素娥长袖舞，但闻诗客七弦鸿。
夜阑觥酌新醅[1]酒，诚敬吴刚饮几盅。

〔注〕①醅（pēi）：没过滤的酒。

菊

东篱黄菊应时开，寻履骚人屐齿来。
金蕊徐华蜂顾盼，凝香初放蝶徘徊。
盈盈锦簇吟诗卷，艳艳缤纷吻粉腮。
渐老秋风枝独秀，唱酬陶令傲霜栽。

成吉思汗广场怀古

萧萧铁马疾风催，灼灼弓刀可汉恢。
捭阖亚欧同席卷，纵横西夏几轮回。
败军凌辱遭千耻，丧国屠城致覆颓。
混沌草原开霁宇，天骄帝业冢茔[①]堆。

〔注〕 ①茔（yíng）：坟地。

游杭州西湖（二首）

岳王庙怀古

瞻怀岳武墓徘徊，血染征袍实可哀。
铁甲鏖兵英飒勇，诏书鞍马祸诽来。
盟言足踏黄龙府，遗恨魂归乱箭台。
莫道官场情识浅，庙堂君主费疑猜。

雷峰塔

古塔凌空夕照迎，熏风弄影碧波清。
晨昏霞色披朱槛，往复流云拂紫甍。
偏爱山光浮水艳，更添鸾侣义妖情。
良缘胜景传千载，多事孤僧留墨名。

春（四首）

春

入夜和风潜夜雨，含珠绿植重腴莹。
云根起处增山翠，江曲分流看水清。
疏影横枝梅骨瘦，轻音黄雀柳林鸣。
良辰易逝韶光老，稼穑农夫趁季耕。

孟春

梅枝烂漫新桃迎，大地回苏万象生。
润物无声霏夜雨，知时有信浥青城。
风和细细送妍暖，雷动隆隆启蛰惊。
斗转星移春盎盎，今年又是好年成。

仲春

二月融融万物生，江堤柳树听啼莺。
百花争艳媚芳野，数蝶传香浮草坪。
但有衰翁依竹马，聊看童子放风筝。
神州处处多奇秀，饱览山川若画行。

季春

东风过柳送飞琼，紫燕呢喃掩暮莺。
百蕊已残红粉落，丛林且作碧烟生。
冲天鸿雁排云上，发地音书催陇耕。
莫叹群芳垂日老，须知秋实育花成。

杏花

及第绽开庭满春，嫣红粉白尽撩人。

娇娆已引莺鹂占，艳蕊更教蜂蝶频。

瑞景暖风飘素雪，诗翁晴日踏香尘。

庐园难展仙姿采，古色虬枝到别邻。

夏日荷塘有赏

芙蓉摇艳接星津，恰似瑶池降俗尘。
玄圃浮香倾国色，绛河开蕊任天真。
惊飞鸥鹭采莲女，娇弄红蕖临水人。
风起棹移青荇乱，月牙初上橹声频。

柳絮

杨花纷扰渡河津，阡陌漫天飞雪银。
碧玉烟条飏千籽，子规应候送三春。
萦回闲卧东西路，装点纵游来去人。
趁得和风无意管，便携清梦过乡邻。

雪乡纪事

长夜萧萧飞玉尘，山川素裹假还真。
朔风卷起琼花絮，寒日迎来枯树银。
白屋柴门呵逐犬，青苔斜径出归人。
流年数九催残腊，仙藻漫天接早春。

老伴

耄耋牵衣踯躅行，互帮互爱互携尊。
常随薄暮窗前立，每问清晨粥可温。
同看春秋云起落，相随日月度乾坤。
夫妻四十八风雨，共勉添筹钻石婚。

七一抒怀

革命红船照九州，唤醒民众雪冤仇。
工农报国披金甲，子弟捐躯执戟钩。
只为翻身求解放，谁云富贵觅封侯。
轩辕心荐仰天啸，不斩楼兰誓不休。

中国共产党建党100周年抒怀

神州沧海变桑田，革命功成意志坚。
铁锤砸开惊世界，镰刀除旧换新天。
长征路上披荆棘，百战峰回写续篇。
万众一心谋福祉，航程指引有红船。

游新都杨升庵故居怀古

弹词一曲临江仙，传颂莺春数百年。
谪戍常吟渔浦叟，罢官弥笃学鸿篇。
几经律例皆无赦，终岁春秋不得还。
最是诤臣君犯恶，黄娥伉丽古今贤。

忆旧

晚来常忆旧时事，少小羞嫌百衲衣。
游戏手持桃剑舞，逍遥目送雁群归。
自惭老骥半帘梦，只有残云几片飞。
坐对家山谁念我，当年阿母别依依。